歌集

月のじかん

山田恵子

Yamada Keiko

飯塚書店

歌集　月のじかん

山田　恵子

目次

月のじかん……57

恋詩集

——青っぽい恋へのあこがれを美咲ハルの名で——

美咲　ハル

きらら耀く

吾の中に止まりしままのオルゴール君に出逢いて又動き出す

もう少し話したいのに「じゃあ」なんておとなの君がかけるブレーキ

何となく指輪の重たい夕暮れは恋が小さなあくびをしてる

背負うものの重さは語らずとも解る同志のような君と飲む酒

揺れている耳輪が今日は邪魔じゃない気持ちもゆらゆら揺れているから

あこがれの恋を詠えば百円の造花の薔薇のような明るさ

トーストはきつねを過ぎてたぬき色君を想いし三十秒に

金魚鉢の底から見ている天井を空と信じて泳ぐひらひら

ただ声を聞きたいなんて真っ直ぐに言わせてしまう恋のちからは

恋すると美文家になる花の名のように言えるよ君の長所を

永遠は端から信じていないけど祈りたくなる君といるとき

淋しいと言ってる背中をノックする私を中に入れて下さい
空中に飛び交うメールの言葉たち私の髪に留まっているかも
重いのに軽い感じを装って笑ったりする二人だったね

君の苗字に呼ばれてみたき夕焼けが秋だからねと昔を連れて

逢うという一語の為に磨かれるおんなのわたしきらら耀く

人波に流されながらつなぐ手の舫い綱めく二人は小舟

すきという言葉は不思議猫に言えて海にも言えてあなたに言えない

顎を乗せる位置に君の肩があるいつからだろう目を閉じるのは

逢う度に心をちぎって渡してた君はしまってくれてるだろうか

過去形で恋を語れば君なんて空のかなたの点なんだけど

遠くより君を見ていたあの頃の微熱の乾きコーラの泡

恋詩集

実体のない恋うぅんと膨らませ何年振りかの詩集をひらく

胸奥に思慕隠し持ち生きることふんわりふわりと楽しい気分

雨音に濡れつつ君に書く手紙うるんでいるのは確かそのせい

真昼間の呼び出しベルは届かない吾のみ思う君ではなくて

わたくしの時間を君に重ねるとはみ出てしまう好きな分だけ

海越えて行かねば君の住む街に行けないことを幸いにして

四車線道路の信号いつまでも赤で待たせる君に似ている

すきなひととダンスを踊っているように今夜は月と話をしよう

断る理由を考えながら待つ誘い矛盾だらけの三日が過ぎる

イヤリングの片方ばかりが残されて一人ぼっちは私も同じ

現実が君を攫って行くことも想定のうち　それまでのこと

淋しさは人なかにこそあるものをポケットティッシュの求人広告

てのひらに日常のせて翳すとき手品のように浮かびくるもの

クコ昆布松の実くるみ掌に載せられ試食す鳥の気分で

小鳥になって君の手紙が届いたよ赤い巣箱に尾羽が見える

秋色の音符の奏でる待つじかんデクレッシェンドに過ぎてゆくなり

責めるしか想いの嵩は伝わらぬセーターに爪立てる猫のように

穏やかに君を語れる日も来るか日向にしんと夢死なしめて

サビトール下さい恋は滑らかに磨かなくては思い出になる

寸胴の底に鎮まる思い出は引き上げないでからっぽは嫌

眩しげな君の視線を浴びたこと衿の辺りが憶えています

濡れること厭わぬ吾の足首に君よひやりと波を立たせよ

夢死なしめて

君んちへ右手差し上げ飛ばんかなカラータイマー点滅中にて

三日月がバナナに見える夜もある暗いばかりの恋ではなくて

この風に乗せてあなたに届けよう記号ではない吾の吐息を

愛される自信は春のシクラメン眩しいひかりに俯くばかり

三日月が爪のかたちに見えるのは逢いにゆくのを諦めたから

右側に抱き皺ついているようなボレロの裾をくいっと引っ張る

思い出の悲鳴聞きつつペール袋の黒に入れゆくかの日の服を

思い出の形見にボタンを残そうと鋏を持てば肯うブラウス

雑草を根からすぽんと抜くように抱き上げられる夢を見ていた

ぐしょぐしょに濡れた髪など耳にかけ改札口を走り抜けたり

雨だれが嵐の余韻を引きずって歩く男の足音になる

うなだれて雨に打たれる他はない昨日引かれてしまったコスモス

ふかふかの毛布の上で眠らせる私の秘密を知っている猫

真夜更けてきのうとなりし日を辿る受けし言葉のひかりと影を

クリスマスカラーに飾られ無口なるカエデの枝がウインクをする

視線が遠い

半分は供花の白の占めている花屋に春の香明るく匂う

きいろきいろ菜の花畑の背が伸びて春がぽわんと膨らんで来た

花ごろもぬぎて裸身のあらわなる桜の古木に月はやさしい

野の花のブーケのような君からの手紙をもらって風邪が治った

曲がるまで「左に曲がる」を繰り返すトラックの声に視線動きぬ

告げたかった言葉をコートのポケットにあやして帰る人波の中

腹立ちを粉々にする勢いで食むピーナッツに噛みごたえあり

不愉快な星野がいいなあ猛暑日に熱波のようなコメントを吐く

空を飛ぶ為に葉っぱを食べている青虫がそう私に言った

群れ泳ぐかたちのままに干されいる鰯の眼に海の残れる

初夏の歌うたうがにアマリリス音符のごとき花芽を伸ばす

妖精を信じた頃はあじさいの花の向こうに帽子が見えた

パッションはあるかと訊かれて後ずさる紫陽花の葉を食べてみようか

遠く近く別れし人らの浮遊する蛍の海を渡り来にけり

ワイドショー見ている吾の残酷さ人の傷みを知るためなどと

夏色を消し去る長い葬列のひとりひとりに頭蓋骨あり

幾百の黄の風車まわる音麦わら帽子のあの子が立ってる

死を選ぶ恋など知らず向日葵の花のうつむく昼の長さよ

ドラム缶天から何度も落ちて来てきのうの夜は眠れなかった

キリンはきっとビルの向こうの光る海を見ているのだろう視線が遠い

ヒール高き靴で歩けばあっさりと大人の返事ができそうな朝

永遠を指に捉えている気分銀の指輪を陽に翳すとき

大銀杏の先に光れるひとつ星意味あるごとく見上げし頃よ

吾の腕に君の鱗が貼りついてきらきらしてる夢の数だけ

手首まで差し込み投函する手紙想いが逃げてしまわないよう

電飾の木のかがやきを見上げれば十六夜の月は天心にあり

受け止めてくれると投げる直球のストライクゾーンは案外狭い

声はまだ眠っているから紙風船ぱんと割るような話をしよう

消しゴムで擦った後が真っ白じゃないのと同じ忘れられない

長いことご無沙汰でしたで始まりし君の葉書で作るヒコーキ

分別は必要ですが裸足のまま駆けてゆきたい時もあるから

パトカーは闇に潜めり確かなる視線を感じてその前過ぎる

森はそよげる

敷石の隙間にへばりついていた蒲公英の葉が浮力を持つ日

夜の更けて握りつぶした歌たちが屑かごの中で音を立てたり

限りなき春のひかりのかたちなりミモザの花の風に震えて

持ち去った時間を連れてあのひとが夜桜橋に待つ夢のなか

土の香のレタスのフリル齧るときピュアな気持ちはウサギに似たり

まるまって眠った背中が伸びをする今日の私に脱皮するとき

ボンネットに月のせ走る湾岸線ヘップバーンの風がそよぐよ

フローリングをアトムの足音させて来る猫のシッポはアンテナめきて

給油中フロントガラスを拭かるるはわが顔のごとこそばゆきかな

閉店の告知を貼りてがらんどうあけっぴろげの敗北がある

惹かれあう恋人同士の位置にある星と三日月何を語らう

眠らない高速道路の音たちのひそひそ話が聞こえる朝五時

終止形にならざる想いのせり上がる抑えなければ咲く立葵

寂しげな夏の背中を見てしまう散りゆく花火の向こうの闇に

海岸線のゆるきカーブにかぶされる瀬戸の大波なめらかに青

幾千の本に囲まれ呼吸する図書館のなか森はそよげる

走の字を真横に伸ばして猫が飛ぶ止まりきれないダンプの前を

アルバムの私は陰りの中にある今より若く不幸せにて

レノン忌も季語となりたりモノクロのオノ・ヨーコ映る一年振りに

霜月のロビーに入れば不意打ちのツリーは輝く手品のように

雪空に紅梅まるく散らばるを足止め眺む鳥の視線で

バスを待つ君のじかんを掴まえてマフラーみたいな言葉をたくさん

友よりの転居通知に書かれある「戻る」に浮かぶ故郷の空

ゆっくり溶ける

ほんとうじゃなくて嘘でもないことを短歌にすれば耀くふたり

もう綿毛になるしか逢いに行けないとかたちを変えた花の名知らず

畦道に豆球みたいな黄の花の点る夕暮れやさしい言葉を
一対となれぬ哀しみ知らずいる雛を今夜は飾りたくなく
君が袖振るような明るさに煌めいている凪たる海は

望むのは傷口見せて愚痴なんか言ってもらえるそんなポジション

Windows 開ければ小鳥の羽音たて死んだ人からメールが届く

ぴかぴかに光れる雨の舗装路に昨日の跡を探して歩く

オランウータンの笑った顔は見ていない動物園を出てから気づく

ハート型に開かれている鯵一尾隠しごとなど何にもなくて

穏やかな君が尖っていた頃に会えていたなら飛べたかな　河

忘れながら生きているという君の小指に見えぬ糸を結んで

幾千の虫の恋歌聴きながら私の背中の羽擦り合わす

地球に棲む水星人と木星人相性悪しと占いにあり

やわらかな水

旅人算解けないままに追いつける自信があるといえそうな朝

春風にパーマのウェイブ戦がせて歩いてみたい切らずにいよう

ジュリエットに恋愛相談一万通その宛先を切り抜いておく

パスワードに守られている思い出は半分ほどがもう朽ちている

どしゃ降りの夜にひそかに灯る百合投げ出せないもの吾にはありて

暴風にＬＩＮＥ送れば「闘え」と返信よこす男ありけり

小さき胸うすき背中の愛おしく未だ裡にいる私の少女

買いたてのヒールの踵が挟まって抜けないような狼狽え方だ

球根のありかを見つけし指先を洗い流せるやわらかな水

テレショップの調子の良さをお囃子にガラスに映る若葉を磨く

月のじかん

――永遠に会えない人よ　私は月を見上げています――

山田　恵子

ふるさと神戸

港から元町通を西に抜け「亀井堂」辺りで肩軽くなる

下枝を掃われすくりと立っている弟と同い年の楠

信号を渡ればすぐの実家なり大抵赤で待ったをされる

震災に境界線のありしごとこの一角はそのまま残る

記憶の一つめくればオセロのこまのごと次々浮かぶあの頃の町

パチンコ屋を二つに分けて店二軒向かって左の本屋の娘

蝋石をすべらせ道に絵を描いたケンケンパの○もたくさん

路地裏の植木の鉢の隙間から子らは飛び出すかくれんぼしよう

三越の屋上遊園モノレール弟を乗せに何度行ったか

自家用車持ってる米屋の真理ちゃんが〝お嬢さん〟に思えたあの日

オルガンを買ってピアノを習わせた発展途上の我が家の景色

貧乏でもお金持ちでもない家と子に思わせるバランス感覚

迷いなくみどりを青と呼んでいた昭和の児らよ吾もその一人

モテるのは走るの速い子だったなあ赤チン脛に見せびらかして

大倉山の公園の隅の鉄棒は父の特訓受けたそのまま

ポートタワーの小さく見える街となり紙コップの電話からからと鳴る

体育館の左に文化ホール見て楠公さんへ下れば昭和

都市計画に剥ぎ取られた下町の断片残るあそこらへんに

学校も長屋も銭湯も消えてゆき都市という名のドーナツの穴

六丁目の夕日に染まるジオラマをしまった菓子箱ありそうで無い

丘の上の母校と目線の合う辺り阪急電車のやさしいカーブ

風がもうあの日の気配にそよいでる青谷通りの坂を上ると

ＣＣＲがロックバンドであることを教えてくれた先輩の家

図書館は足音響くところなり入口を背に誰を待とうか

ひっそりと過去が近づく黄昏に動物園から亀が逃げ出す

泣いている背中を見られたくなくて回転扉に消えた少女よ

ウルトラマンやゴジラが飛んで来そうなり秋陽に映える中突堤は

望遠鏡の眼が塞ぐまでに見つけようビルの隙間の父母《ちちはは》の家

小学生の吾が坂道下るのを杳く見ている旅人のごと

西元町の地下口横に群れ咲きし水仙母の水遣りを待つ

父逝けば継ぐ者のなき古書肆にて笹野書店消えてしまえり

賑わう町廃れる通りを縫いながら市バスは埠頭を東に走る

脇の浜海岸通りのマンションの母住む部屋に亡き父も棲む

人波に背を向け眺めるビル街の窓・窓・窓に夕陽が映る

さんちかの明るき通路を乗客は夜の気配を下げて歩けり

父の娘

病重き父の一日の暮れゆきて暗き窓にも星は瞬く

息をする辛さに耐えて二十日生き死んで安らぐ父の顔なり

髭を剃り背広を着せて改まる死人《しびと》となりし父の輪郭

寝台車は父の動線なぞるごと早朝の街を進みゆきたり

モダン寺を葬儀場に決めし母慣れ親しみし通りの角の

暖房の効く斎場にただ一人寒い寒いとコートを着る母

高小卒農家の長男たりし父娶りて二年淡路島を出る

姑と折り合い悪き母の為家を出たとは直接聞かず

港湾荷役・パチンコ店員その後は貸本・新刊　古書店店主

肩ぐるまの記憶は弟にないかもしれぬ十歳下の

ポートタワー完成したら一番乗り父の背中に約束した日

何を訊いても答えてくれた　古川柳・つるかめ算の解き方までも

四年生の吾とローマ字を覚えっこした卓袱台に残る筆圧

貸本に賑わい雑誌の配達に追われておりぬ本屋の夫婦

裏通り細い小道の板塀の連れ込み宿もお得意先で

遠近法に収まる書棚の奥の奥古書店主なる父は座りき

学歴の高きと互角に渡り合う負けず嫌いの額と目力

気短かではしかい父の苛立ちの爆風受けて子らは固まる

古書買い入れその時々の駆け引きに弟たじろぎ吾は昂る

お前は出世子ラッキーガール嫁いだ先をしっかり守れと

大丈夫まだまだ死なんと別れ際片手を上げた父が浮かびぬ

目録の表紙の父は五十代追悼市に誇らしく笑む

川下から残らず蔵を訪ねゆき買い入れせしこと伝説めきて

良き時代に生きたと同業者は言いき愛想なしの古本屋一代

若き日の父母に会いたし春の日の須磨浦公園ベンチの温み

「笹野さんの娘さん」とはなつかしき響きよ父の娘に戻る

父の帽子かぶりし母と元町を歩けば三人で歩けるごとし

時の向こうに流されてゆく父の背のまだ見えてるがもう届かない

アキノノゲシ

読むたびに絵本のあおむし蝶となり子の幸せの瞳輝く

うんうんと暑い夜には思い出せ田舎のポットン便所のお化け

ミミズほどなれど蛇の子とぐろ巻き攻めのポーズで吾を威嚇す

食卓に今日を広げて話す子に「ほんまや」「そやね」とご飯をよそう

近づけばパクパク口を開けてくる金魚二匹に息子の名前

多肉系ヒト科の棘の隙間から柔き花茎伸び始めたり

春キャベツはふわっと巻いてなきゃだめだキッチリ真面目は選からもれる

飛び立つ準備しているように空を向くアキノノゲシの意気をもらおう

残量の見えない瓶を振るように子の表情を探っていたり

島レモン島のみどりに染められて青年めきし手のひらにあり

歯が痛い電話の理由をそう言って安否確認してくる長男

おせちよりすき焼きだろうと張り込んだ牛肉食べずに帰りし次男

図書館の新着本のポップなる「テーマ孤独死」季語めく響き

こわれものなまものどちらも当てはまるゆうパックに詰めるかたちなきもの

ほとほとに疲れてショーケースに眠るローン月額二万円の猫

文月の空に似ているインクにて友達仕様の手紙を書けり

長方形の板状のもの耳に当て子の声秋のひかりに当てる

送り状をはみ出しそうな息子の字出張先より蕎麦届きたり

春色にじむ

畦道に咲く野の花に立ち止まる蝶々が蜜を吸うようにして

山野草図鑑に探す花の名にカタカナ多し楽器のような

ジャムを煮る厨で君に書く手紙余白にぽたり春色滲む

満開の桜の下のコンビニを良しと思わぬ人の青空

啼き声の風向きにより聞こえくる対岸にある屠殺場から

放たれし小鳥のごとき一日を朝マックより始めてみたり

採れたてのキャベツの育ち良かろうと赤子のように手渡されたり

約束はパックに入ったサクランボ開ければ少しくたびれている

息継ぎに水面に浮かんでみたくなる十連休の真ん中辺り

放物線の先の着地よやすらかに秀樹のバラード流れる茶房

さんづけで呼び合いし頃のふたりなりトルコキキョウがまっすぐ一本

君の手にササユリ揺れて着くはずの切手を買った手紙を書こう

野の花の名前を幾つも知っている火野正平のようだあなたは

亜熱帯の大阪島のジャングルで日光浴をしようかラララ

ポップコーン弾けるように咲いている花の勢い夏の朝なり

この庭の生態系の頂上に吾は立ち居て毛虫を殺す

きっしりと螺旋に巻きつく宿り木を無理やり引っ張る千切れて切れる

ぼんやりと頬杖ついて脳の襞伸ばす午後にはシナモンティーを

廃屋の塀の中にて花盛る百日紅の木の待っている人

テーブルをはみ出すような話題なく食後のアイス待たれておりぬ

るると囀る

求愛の鈴の音聴きつつ眠らんか尽きて季節の移ろうまでを

〝様〟と書けず〝先生〟にする表書き学生のような字になっている

できませんと放りだしたきことありて図書館の隅にまるまっており

ほんとうは開いているのに閉めている心の窓に入って来る風

捨てられる覚悟の涼しい眼をしてる人形なれば捨てられずいる

肉となる為の準備と思う時牛の耳標の切なき黄色

秋の粉を誰かが撒いたにちがいない庭の草木が鎮まっている

香水をくぐらせ封をした文に余白ばかりの返信届く

新聞紙の温みのような人だった独りの卓に開いて思う

観音の頬も紅葉して写るカメラの視野を右にずらせば

夕焼けの五線譜に乗るひよどりの一小節ごと旋回したり

赤い鳥になって壁に群れている蔦の葉っぱの飛び立ちそうな

憑りついているのはたぶんあの男肩凝る夜はそう呟こう

男役の歌の上手さを認めつつ瞳に星を映せず帰る

ここからの橋が一番美しい重なる視線を残せる写真

趣味問われ短歌と答えるインパクト重量挙げと同じぐらいか

君の歌集を魔法の杖に島を出る陸の港にバスを待つ朝

呼び捨てにされた「山田」の「だ」の響き丸まりながら背中に届く

午前二時の月のひかりに怯えてる誰が迎えに来ても行かない

階段を二つ飛ばしに駆け上がり何を告げたかったかを忘れる

昔に死んだ恋人のように

出勤の顔を映せば頬紅の色濃しと思う冬の朝なり

素っ気なく死は記されて埋もれる　除籍の×が目に残りたり

雌雄株揃えなくても実は成るとブルーベリーを勧める青年

素裸になれぬヒト科に苛立ちぬ言葉を纏えば透かされもして

朝々に珈琲淹れて供えるを愛ある行為と友は言いたり

最強の寒波が来ると脅されてこたつに凍死の夢を見たり

癌告知受けたと地球の裏側にいるような声未だ耳にある

逃げ出せたら楽だろうなどこへ行こう半径六キロぐらいがせいぜい

「ありがとう」何度も口にするひとの穏やかな死を願うほかなく

君の生を見送るは吾と気負いたるあの冬の夜のカウントダウン

点滴の染み残りいるがまぐちの小銭は温し形見にあれば

はにかんだ笑顔を遺影に選びたり昔に死んだ恋人のように

正直に言えば前からがらんどう花の咲かない鉢を並べて

食卓の椅子にクマのぬいぐるみを座らせている母には言わず

自分への声にならない言葉たち喉に積もりてせりあがり来る

ストーブの前にぼんやりわれを置き一日の棘を溶かしてゆけり

待たれるも待つこともなき独り居にこたつぶとんの縁おとなしい

「もう寝ろ」と夫に言われし時間なり背中は声を忘れておらず

充電をしても夜までもたぬのはスマホの寿命と医師めく言葉

ヤマヒロのハゲの話は面白い声出し笑うは久し振りなり

宅配のピザを一枚独り占め食べてるうちに心も冷める

悲しいとき「婦人画報」をありがとう山の写真に救われました

スーパーの大きレジ袋持つ友の「くよくよしいな」に押されて帰る

病室の窓に見えしはこの道と信号待ちにあの日が過る

残業を引き受けやすき身の上となりて職場の鍵を預かる

『まんぷく』の福子のようであったなら違う展開あったか夫よ

諍いの記憶と煙草の脂染みるカーテンなればザブザブ洗う

瞬の間に干からびてゆくわたくしに遠い約束してはくれるな

螺旋のように連なる記憶に月昇る去年は傍にいてくれたひと

精一杯の息子にもたれちゃいけないと遠くの桜見ている夕べ

フルーツパフェの林檎のように危うくて目立ってしまう今日の私は

寂しさは背中を不意に突くものを種に翼を持つ百日紅

くぃくぃっと吾のこころを持ち上げる言葉はないか詩集をひらく

朝刊を畳に広げて読む夫の座りし場所に猫まるくなる

口角上げて

通勤の景色のひとつ鉢植えのハイビスカスを世話する男

不美人な営業員が美人より有利なる説を秘かに信ず

プロならば数字にこだわるアタリマエ追って失うものも多かり

締切とノルマに追われる日々重ね口角上げればできる皺あり

水溜まりの中にけなげにヒール立て吾を支える古株の靴

営業の断りまみれを身体ごと軽く払って天日干しする

シェルターの扉を押して傾れ込むかき氷一つ練乳がけで

バスを待つ視線の先に櫻井翔ビルの壁面埋めて微笑む

レジ横でリポビタンD立ち飲みする女は何に疲れているのか

保険屋と呼ばれて卑屈になる顔を洗い流せとどしゃ降りの雨

古びたる営業カバンを助手席に座らせ聞かす秘密もありぬ

留守電の客の口調はほの暗く声残すには愛が足りない

買いたてのチタンの時計の軽きこと羽ばたきそうな左腕なり

足首の細いが自慢のひとつにてサブリナパンツ穿けば弾めり

ぐずぐずと台風一過の後も降る優柔不断に喝を入れたし

足元を掬われそうな予感して泥除けマットに足踏みをする

否定拒否無視破棄拒絶ひらがなを入れて動くか私の覚悟

ダイエットの結果を素直に喜べぬ何があったと気遣われては

大階段降りゆくスターを浮かべつつ転ばぬ先の下ばかり見て

深き礼に客見送れば身分証はわが中心に振子となりぬ

鵜匠と鵜のようだと上司眺めつつ契約ひとつ日報に記す

西日射す椅子にしゅんと待ちぼうけ食ってるようなグレーの上着

何歳まで働くのかと訊かれおり働けるのかとどっちがやさしい？

客の背に放電ばかりの一日を手巻き二本で幕引きをする

つながっているのだろうか姿なき人が囁く月見上げると

万羽の鶴

去年となる日記に母の輪郭の透けて見えるを寂しみており

二人して正倉院展観し記憶螺鈿の箱の片隅に置く

母さんがいたら電話をするだろうそんなことが百万回あった

歩いてると足が痺れて来るんだよぶらぶらさせると治るだなんて

子の為に母が母であるために決めた手術をもう止められず

結論が早すぎるんだよお母さん中途半端に生きても良かった

自らの足で向かいき手術室へ母は未来を生きようとして

リハビリの辛さに日毎萎えてゆく心を支える術見つからず

魔法が解け城が崩れてゆくような母亡き部屋の小さな軋み

生れてより此の世に母のいないこと未経験なりぐらぐらとする

お母さんは良い人だったと過去形に話すのは止めてまだ胸にいる

写真立てに笑顔の父母棲まわせて名を呼ばれおり朝な夕なに

叔母という漢字に母の在ることをほのぼの思う駅に別れて

「ありがとうね」母の口調に振り向けば見知らぬ人の桜見上げて

抱えていた卵を放していいような春の日差しに涙が出そう

草むらに身を横たえて目を閉じるバッタのようにカサリ死にたく

午前四時に目覚める癖を愉しもう朝型と呼べば受験生めく

弟の中に棲んでる母さんと手を振り別れるバスターミナル

昭和通り曲がれば若き日の母が口笛吹いて通り過ぎるよ

自転車に乙女のごとく軽やかに乗りし母なり振り向きもせず

子と孫に手縫いのマスク送るよとミシン踏むだろ日がな一日

子に世話をかけぬと念じて九十まで独りをつらぬく母親でした

お手製のミックスジュースを父さんに供えて呼びかく声やさしくて

おけいさん・けーこ・ねーちゃん　声はまだ浮遊しており遠く近くに

しおしおと雨が降るなり雪だるま溶けてゆくごと消えたき朝に

母の死に母の中なる父も死に姉ちゃん長生きせよとおとうと

万羽の鶴を見て来し君より十五センチのフィギア届きて卓上にいる

さよならの温度

匿名の誰かになりたい街に来て私の名前を呼ぶひとを待つ

お互いを特定できる不思議さよ初めましてと名乗れる前に

友人でいれば親しきふたりなり神田古書街左手に見て

非日常の中にふたりを置いたまま眠らぬ街へしばし道行き

高層のビルより高い空だから君の背中に星座を探す

真向かいて話すに慣れぬふたりには闇の底なるジャズ喫茶あり

暗がりに歌稿広げて読んでゆく上から目線と君が言うまで

不健康な君が強気で注文するツナサンドの赤はトマトだったか

東京のみやげに買ったストラップ東京の人にあげてお揃い

首都高の上昇気流に乗りながら寂しがってる掌がある

テールランプ滝に流れる坂道を下って上ってさよならの場所

恋情は止められないから止めろとは言えないなどと狡い　男は

さよならの温度は耳に心地良く特に冷たいわけではなかった

忘れないから思い出すことはない東京駅前タクシープール

支えとはこういうものです陽だまりで昨日を肴に酒飲むような

冬の薔薇

少しだけ翳ったせんべいみたいです独り暮らしの湿気加減は

待つ人のいる振り鍵を開けるまで無人の家に明かりを灯す

バラ色は薄紅色であるらしい吾の庭にも咲く冬の薔薇

チューリップの表紙はわが歌載る雑誌栞あるごとページのひらく

いつかまた会える日の為たっぷりと手の甲に塗るハンドクリーム

熱々のクリームスープを飲むときのスプーンみたいな友の励まし

咲かぬまま季節を見限るつもりかと葉裏のまるい蕾に触れる

ドラム缶にて燃やすときほろほろと松の小枝は骨のようなり

二車線の道を亀が横切りぬ昨日イタチが轢かれた辺り

雨降りの予報に水やり省けると梅干し入りのおむすび二つ

人参の葉っぱの天ぷら美しく昇華という語の浮かびて来たり

まさしよりみゆきがピッタリ来る夜は優柔不断に腹を立ててる

ドクダミを摘んで作った化粧水つければ魔女めく夜の鏡に

遠花火の音の在り処に背を向けて葱刻みおり意固地な独り

歌の場の耳遠き友にりんりんと声響かせて歌評聞かそう

モロゾフの缶に眠らす友からの手紙を開けば二十歳のわたし

緋寒桜もソメイヨシノも伐られいて病院跡はばかでかい窓

流したき想いを抱えて焦れている雌雛の少し動いたような
どのような修羅場ののちの結論か青空見上げているような声

解説

石川 幸雄

歌集『月のじかん』は、美咲ハル名義の「恋詩集」と山田恵子名義の「月のじかん」との二部構成となっており、著者山田恵子が一人二役を演じる珍しい歌集である。好むと好まざるとにかかわらず、誰しも人生の中でなにかしらの役目を担っている、もしくは負わされている。責任と覚悟によって、その役目をそれらしく演じることはよくあることで、「美咲ハル」も「山田恵子」も山田恵子本人でありながら山田恵子自身ではない。しかし、短歌が彼女の心の奥底にあるものを表出したものであることは「美咲ハル」の場合も、「山田恵子」の場合も同様なのである。

吾の中に止まりしままのオルゴール君に出逢いて又動き出す
もう少し話したいのに「じゃあ」なんておとなの君がかけるブレーキ
何となく指輪の重たい夕暮れは恋が小さなあくびをしてる
背負うものの重さは語らずとも解る同志のような君と飲む酒
揺れている耳輪が今日は邪魔じゃない気持ちもゆらゆら揺れているから

〈――青っぽい恋へのあこがれを美咲ハルの名で――〉と副題のある美咲ハル「恋詩集」の巻頭「きらら輝く」から五首抽いた。〈オルゴール〉、〈ブレーキ〉、〈指輪〉、〈酒〉、〈耳輪〉なる小品が散りばめられ、一九八〇年代後半から九〇年代に多く見られた一典型とも思える少々甘さの残る口語短歌である。

第一歌集の多くにある「跋」や「解説」の類いは、著者の身近でその短歌に触れてきた縁で、たとえば結社や短歌教室などで出会った師と呼ばれる歌人や、先輩や、仲間などが書くのが一般的だろう。しかし、私は山田とそういう関係ではなかったし、彼女の短歌を見守ってきたというわけでもない。つまり、本書によって山田恵子の短歌を初めて見ることとなる読者と私の立場は同じなのである。

私は作品を鑑賞するとき、理解を深めるために時代背景は重要だと考えている。

山田は一九九四年に短歌を始めたという。著者略歴には、五五年神戸で生まれ、八〇年結婚により淡路島に転居、〇五年美咲ハルの名で「神戸新聞文芸」の短歌部門最優秀賞受賞、「心の花」、「眩」を経て一三年「塔短歌会」入会、一五年兵庫短歌賞受賞とある。

あとがきで、「眩」の主宰であった米口實に触れていることから、実質的な短歌の出発は「眩」に入会したころだと推察できる。連作「恋詩集」の冒頭から五首抽く。

実体のない恋ううんと膨らませ何年振りかの詩集をひらく
胸奥に思慕隠し持ち生きることふんわりふわりと楽しい気分
雨音に濡れつつ君に書く手紙うるんでいるのは確かそのせい
真昼間の呼び出しベルは届かない吾のみ思う君ではなくて
わたくしの時間を君に重ねるとはみ出てしまう好きな分だけ

一首目は自らの恋心を〈実体のない恋〉と表現する。「実体」という語そのものは難しいが、ここでは「現実ではない、事実ではない」と、ことさら強弁しているように見える。二首目にはあっけなく〈胸奥に思慕隠し持ち生きること〉と告白していて、三首目以降は、他でもない〈君〉が現われ、〈吾〉、〈わたくし〉が語られるという仕掛けである。結婚による淡路島での慣れない暮らし、子が生まれ、夫や子供の世話に追われる日々の中で、ペンネームでなければ表現し得なかった物語を山田は美咲ハルに託したのである。

美咲ハル名義の最後の五首を抽く。

暴風にLINE送れば「闘え」と返信よこす男ありけり
小さき胸うすき背中の愛おしく未だ裡にいる私の少女
買いたてのヒールの踵が挟まって抜けないような狼狽え方だ
球根のありかを見つけし指先を洗い流せるやわらかな水
テレショップの調子の良さをお囃子にガラスに映る若葉を磨く

「男とはこういうもの、女とはこうあるべきもの」という思いが強すぎる傾向を懸念するが、それも山田の思想である。一首目は暴風に怯える山田に「闘え」とLINEの返信を寄越した男との関係性が伝わってくる。二首目の〈私の少女〉とは山田の実感であり、本質なのだろう。三首目は女性ならではの感覚、経験が比喩として機能している。四首目の〈球根〉は比喩とも実際ともとれるが、指先を洗い流す水は暖かい。五首目はガラスを磨く行為を〈ガラスに映る若葉を磨く〉とした比喩が、爽やかで眩しい作品に仕立てた。収載歌数の六割強を占める山田恵子名義の作品「月のじかん」の冒頭の五首を抽く。

港から元町通を西に抜け「亀井堂」辺りで肩軽くなる
下枝を掃われすくりと立っている弟と同い年の楠
信号を渡ればすぐの実家なり大抵赤で待ったをされる
震災に境界線のありしごとこの一角はそのまま残る
記憶の一つめくればオセロのこまのごと次々浮かぶあの頃の町

嫁ぎ先の淡路島から神戸に里帰りする景色から始まる。地名や固有名詞のある短歌はともすれば独りよがりとなるが、一首目の〈元町通〉、〈「亀井堂」〉はよく効いている。結句のさりげない表現が重い。二首目の楠は弟が生まれて以降の家族をずっと見つめていたのだろう。三首目はいよいよ実家に近づくが、いつも同じ赤信号に〈待ったをされる〉のである。逸る気持ちを自らが楽しんでいるようにも受け取れる。四首目の〈震災〉は九五年の阪神・淡路大震災である。近くて遠い故郷神戸をどれほど案じ、その方角を眺めたことだろう。すぐにでも駆け付けたかったに違いないが山田には淡路島での生活がある。当事者でなくとも、直截に表現していないからこそ伝わることがあるのだ。五首目のオセロの比喩は見事で、記憶の町がコマ送りのように浮かんでくる。

病重き父の一日の暮れゆきて暗き窓にも星は瞬く
息をする辛さに耐えて二十日生き死んで安らぐ父の顔なり
髭を剃り背広を着せて改まる死人《しびと》となりし父の輪郭
寝台車は父の動線なぞるごと早朝の街を進みゆきたり
モダン寺を葬儀場に決めし母慣れ親しみし通りの角の

「父の娘」から冒頭の五首を抽いた。親の死は多くの人が経験するが、万人には万通りの親の死がある。挽歌もまたしかりで、挽歌とは残された者のためにあるのだと思い知らされる。五首目の〈モダン寺〉とは、東京住まいの私には聞き慣れない言い回しで、舌足らずな表現ではないか、と思ったのだが調べてみると、兵庫県神戸市中央区下山手通にある浄土真宗本願寺派の寺院「本願寺神戸別院」の愛称が「モダン寺」。地元では親しみを持ってそう呼ばれているのだという。画像を検索すると確かにモダンで立派な寺院であった。

父逝けば継ぐ者のなき古書肆にて笹野書店消えてしまえり

この作品によって父親が営む古書店が山田を育てたのだと知ることとなる。

畦道に咲く野の花に立ち止まる蝶々が蜜を吸うようにして
山野草図鑑に探す花の名にカタカナ多し楽器のような
ジャムを煮る厨で君に書く手紙余白にぽたり春色滲む
満開の桜の下のコンビニを良しと思わぬ人の青空
啼き声の風向きにより聞こえくる対岸にある屠殺場から

「春色にじむ」冒頭から抽いた。瀬戸内海最大の島である淡路島の春が描かれている。一首目は野の花にふと立ち止まる自らを蝶に喩え、春の島のイメージが際立つ。二首目は図鑑を開き、野に見た花を探すひとときで、三首目のジャムを煮ながら手紙を書く行為にも通じる世界。あたかも春のメロディーが聞こえてくるようだという。四首目は花の季節に多くの人が憩う場所に、コンビニエンスストアが開店したことを昔から暮らす人は無粋だと感じ、島にやってきた人は便利だと感じる。つまり生き方の違いである。五首目にはここで暮らす者にしか詠えない光景が正確に表現されている。

ここまでほとんど機械的に五首ずつ鑑賞してきたが、最後は印象に残った五首を抽く。

送り状をはみ出しそうな息子の字出張先より蕎麦届きたり
保険屋と呼ばれて卑屈になる顔を洗い流せとどしゃ降りの雨
古びたる営業カバンを助手席に座らせ聞かす秘密もありぬ
草むらに身を横たえて目を閉じるバッタのようにカサリ死にたく
母の死に母の中なる父も死に姉ちゃん長生きせよとおとうと

四半世紀以上に亘る歌歴の上に編まれた歌集ゆえ、父、夫、母を亡くした短歌があり、子や弟、叔母、生業も詠われている。作為がなく、どうしても表現せざるを得なかったと思われる作品に私は惹かれる。特に四首目の〈草むらに〉は山田の絶唱といってよい。

五首目は母が亡くなったことにより初めて父も亡くなったのだという把握によって、計らずも山田が育った笹野家の家族全員が揃う作品となった。

『月のじかん』には山田恵子という人間の有りようが刻まれている。最後に読者の皆様に、読者の数だけの感想を届けてやって欲しいとお願いし、本書の解説とする。

あとがき

地元の短歌会で、当時十年近く席を同じくしていた年上の女性から「独身だと思っていたわ。」と突拍子もない告白をされたことがある。もちろん、結婚もしていたし、夫の両親とも同居し、子供も二人いたのであるが、実家に居候している行き遅れのアラフォーぐらいに思われていたのだろう。お気楽に映ったのかもしれない。生活感がないと友人に言われたこともある。

たしかに、その頃は日常をリアルに歌にすることは余りなかった。生活をそのまま詠んでも楽しくなかったし、読まされる方もつまらないだろうと思ったからである。楽しいことはありふれたことだったし、悲しいことは独りよがりな愚痴を帯びていた。ドラマティックなことは起こりようもなく、生活に追われ子育てに追われた日々を過ごしていたのである。そんな私にとって、恋の歌を詠むという行為は、ツリーハウスに身を置いたように心地よかった。

ほんとうなのか作りごとなのか答える必要のない自由さで、私はのびのびと想像の翼を広げることができた。美咲ハルの誕生である。神戸新聞文芸短歌部門で、米口實先生に最優秀賞をいただいたのは、「実体のない恋」を見抜いた上での温情だったように思うが、詩情のある歌を深くという期待に添えないまま時を重ねてしまった。

夫の死や両親の死も、今は離れて住む息子たちとの係わりも、私にとっては、非日常を詠んでいる感覚であり、夫の癌宣告、離れ住む親の突然の死、大学進学を期に家を出た息子たちをどこか遠い世界のことのように俯瞰し、歌に詠むことで心の整理を付けようとしていた節がある。義父母のこと、家業の呉服屋のこと、日々の夫との係わりについては、ほとんど詠んでいない。「ほんとう」を詠む勇気が足りず、感情が顕わになることを怖れたのである。

歌集を編むに当たって十年来の友人である「詩歌探究社　蓮」の石川幸雄さんにアドバイスを求めたが、「自分が良いと思うものを作るのが一番」と言われてしまい、すきな歌ばかり並べて落ち着きのない歌集になったような気がする。しかし、手を加えれば余計に始末に負えないものになりそうで、ささやかな着地点を見定めて構成した。

風が吹けば飛んでしまいそうな私の歌が、石川さんの重みある解説と義妹の笹野真奈美の挿画に助けられ、ページに誇らしく並んでいるのは何より幸せなことである。
これまで私を見守り、導いて下さった方々に、心からの感謝をこめて、この歌集を贈ります。

二〇二〇年十月

山田　恵子

著者略歴

一九五五年一二月　神戸生まれ
一九七八年　関西学院大学社会学部卒
一九八〇年　結婚により淡路島在住
二〇〇五年　美咲ハルのペンネームで「神戸新聞文芸」
　短歌部門最優秀賞受賞
二〇一三年　「心の花」「眩」を経て「塔短歌会」入会
二〇一五年　兵庫短歌賞受賞
二〇一七年　河野裕子短歌賞「育みの短歌賞」受賞

現住所　〒六五六‐〇四二六
　兵庫県南あわじ市榎列大榎列七五一‐五

歌集『月のじかん』

令和二年十一月五日　初版第一刷発行

著　者　山田　恵子
挿　画　笹野真奈美
装　幀　山家　由希
発行者　飯塚　行男
発行所　株式会社　飯塚書店
http://izbooks.co.jp
〒一一二-〇〇〇二
東京都文京区小石川五-一六-四
☎ 〇三（三八一五）三八〇五
FAX 〇三（三八一五）三八一〇

印刷・製本　日本ハイコム株式会社

ISBN978-4-7522-8131-3　飯塚書店令和歌集叢書――08